KB211777

2024 가을·겨울 시화작품집

구절초 핀 언덕에 앉아

꽃을 피우다
5 5 그루의 시 심이

도서출판 성연

청안

시와늪 가족 여러분! 우호단체 가족 여러
분! 그리고 시와 늪을 향해 귀 기울이고 계시
는 독자 여러분! 그동안 잘 계시는지 안부를
묻는 것도 무색할 정도로 다시 고개를 들고
있는 바이러스가 변이종으로 한 단계식 괴롭
히는 실정입니다만 어느 정도 정점을 찍은
듯합니다. 그러나 우리는 미래를 위해 희망의 끈을 놓지 않고
동행을 하고 있습니다. 이런 진리가 있지 않습니까. 물이 맑
으면 달이 쉬어가고, 나무를 심으면 새가 날아와 둥지를 튼다
는 진리 말입니다. 이제 우리 시와 늪은 2008년 9월 제10차
람사르총회 기점으로 창간(창립)하여 2024년 여름호 64집
발간하였고 이제 65집 가을호를 발간하였습니다. 그리고
2024년 상반기 봄, 여름 상반기『한바탕 봄 꿈』시화 전시를
이어 하반기 시화 전시『구절초 핀 언덕에 앉아』시화집 및 시
화 전시를 잊지 않고 동행하게 된 것은 시와 늪 가족 여러분
께서 순수한 마음으로 동행하고 있기 때문입니다.

이로 인해 이제는 바람도 햇살도 새들도 쉬어 가는 창원시
성산구 대원로 27 번길 4에 시와 늪 문학관 개관 8년 주년이
되었고 지금 임인년 4월 2일에는 경기도 부천시 경인로 234 번길
34 위치에 시와 늪 수도권 문학관을 개관하게 되었습니다.
이로 인해 수도권 회원님들의 소통 공간을 마련하였습니다.
그리고 임원진들의 노력으로 진해 해양공원 일원에 시화 전시는
물론 무료 책 나눔 행사와 본 단체에서 운영하는 "젊음이여
꿈을 디자인하라" 시 낭송 콘서트로 시민과 관광객에게 제공
하기도 했습니다.

이 행사는 창원 시민과 해양공원을 찾는 관광객에게 문화
공간을 제공함으로써 본 단체의 위상은 물론 회원의 개인 위상도

함께 상향될 것입니다. 우리는 인간으로 태어나면서부터 평생 꿈을 가지고 살아갑니다. 꿈에서 태어나 꿈을 꾸며 살아가고 그 꿈을 이루기 위해 타고난 재능을 타인에게 제공하는 봉사 정신을 발휘하며 살아가는 우리임을 실로 받아들이며 살아가고 있는 것입니다. 그 꿈을 가끔 깨기 위해 노력하는 이가 있습니다. 자신의 꿈이 깨는 것을 막기 위해서는 그 꿈의 끝을 보지 말아야 할 것입니다. 그러기 위해서는 그 꿈속에서 우리가 사는 현실을 알아차리는 사람이 지혜로운 사람이며 그 꿈이 현실이 될 수 있다는 것을 명심하고 자기가 하는 일에 최선을 다해 세상을 살아야 할 것입니다.

엄마의 뱃속에서 10개월을 살다가 세상 밖으로 나와 각자의 재능과 목적을 가지고 살아갑니다. 우리의 삶의 여정은 길어야 백 년을 산다는 것입니다. 이 여정을 짧다면 짧고 길다면 긴 꿈으로 살아갈 것인가 아니면 먼 후세를 위해 현실적 미래를 향해 최선의 노력을 할 것인가에 선택이 중요한 것입니다. 그러므로 꿈은 참으로 길며 끝이 없다는 것입니다. 그 꿈속에서 평안한 꿈을 꾸며 열정 속에는 자신이 바라는 불필요한 욕망은 내려놓아야 할 것입니다.

창간 당시 시와늪은 생태보존으로 건강한 인류의 생존을 위해 먼 훗날 후세에게 건강한 세상을 물려주기 위해 "건강한 자연" "건강한 사람" "건강한 문학"으로 우선 적으로 자연의 소중함을 앞세워 이 지구가 건강해야 건강한 사람으로 살아갈 수 있고 건강한 문학을 할 수 있기 때문입니다.

한 세대의 삶에서 끝이 아니라 먼 후세에까지 인류 보존을 위해 깨끗하고 맑은 세상을 물려주어야 하기 때문입니다. 그러기 위해 생태보존을 우리의 꿈을 현실로 받아들이며 지혜를 모아야 할 것이며 삼라만상이 꿈을 꾸며 살아가는 모든 생명체를 위해 보존적 목적으로 살아가는 단체로 이끌어가고 또 시와늪 가족 여러분께서 존재하는 것입니다.

우리는 금세기 급속한 산업화의 길을 걸어왔으며 지금은 정보통신기술의 최첨단인 스마트 시대에 살고 있습니다. 이런 일련의 세태 변화는 생태 파괴와 환경오염이라는 나쁜 결과를 초래할 수밖에 없었다는 것을 인지하고 환경 파괴는 막아야 합니다.

　　이런 현실 속에서 생태계의 파괴와 먹이사슬의 혼란은 물론 환경오염에서 초래되는 지구 환경의 악화는 초미의 위기로 부상되게 되었고 더구나 생태 파괴가 나날이 심각해지면서 생존체계 자체가 위협받게 되었으며 환경오염은 인간 존재 자체를 압도하게 되었다.

　　우리는 계간 시와늪 창간 초기부터 오늘에 이르기까지 변함없이 건강한 습지(늪), 건강한 인간의 공존을 중요시하여 건강한 문학을 통한 자연 지킴이로서 역할을 강조해 왔습니다. 이와 연관된 예술단체들과의 연동을 통한 효과의 극대화 방안을 강구해 왔습니다. 우리는 앞으로도 변함없이 시와 늪 가족 간의 화합과 여러 연관 단체와의 어울림으로 순수문학을 실천하는 열린 문학 단체로 거듭나는 이 시대를 선도하는 자긍심을 가지고 순수 의지를 더욱 굳건히 다질 것입니다. 앞으로 본회는 자연생태가 내포하고 있는 순리의 이치를 본받아 상생과 화합의 정신으로 회원 상호 간의 소통을 위해 열린 마음으로 토론하고 선진문학단체로서의 덕목을 쌓아가고자 더욱 노력할 것이다.

　　문학을 하는 문인의 존재감을 꼭 지키며 시와 늪에 동행할 것을 부탁드립니다. 감사합니다.

2024년 9월 1일 임해진 나루에서
시와늪문인협회 회장 배성근 올림

구절초 핀 언덕에 앉아

55그루의 시심이 꽃을 피우다.

강봉례 강하영 강혜지 강흥식 고안나

고창희 공광규 곽노미 구나윤 구도순

김관식 김명이 김민영 김선옥 김은경

김지연 김태근 김현애 김혜숙 문정완

박근태 박상진 박선미 박용인 박이동

배성근 백성일 백이석 서정자 송선희

구절초 핀 언덕에 앉아

55그루의 시심이 꽃을 피우다.

송수권   예시원   윤명학   윤혜련   윤효경

이순옥   이원희   이윤정   이은서   이재란

이혜순   임순옥   임신행   임윤주   정광일

정연우   정인환   조정숙   최문수   최순연

최윤희   홍윤헌

〈목차〉

1부. 인생의 맛

성남

2부. 호들갑

정암

3부. 까치밥

4부. 꿈꾸다

청안

인생의 맛

촛불

강봉래

암흑 속 길잡이
방향식별이 불가능한 어둠
허공을 헤매는 뱃사공의 희망이네

흔들림 없는 고요한 찻잔
거친 파도 암흑의 바다
가물가물 희미한 불빛 하나

흔들리며 성장하고
어둠을 대낮처럼 밝혀
춤추는 고난을 이겨낸 삶처럼

연약하지만 부드럽게 강한
성난 파도를 반겨주는 등대처럼
산들바람 사랑의 눈물 망부석 되었네

가을

강하영

바람이 살랑 살랑
가을이 왔다고 알려줍니다
들판엔 허수아비가 우뚝 서 있고
꽃들은 둠칫둠칫 춤을 추는 날
나무들도 옷을 갈아입고
싶은걸까
알록달록 꽃 치장한 걸 보니

너의 그리움

휘은 강혜지

긴 기다림 끝에 품어져 나오는
길고도 늘어진 한숨
그리움과 애태움으로 내뱉어지고

깊고 높은 山 정상에서
외침의 보고픔은
메아리로 되돌아오는
너에 그리움일 뿐

소나기

머릿속 사거리는 통제하기 힘들다
마치 고장 난 신호등 앞에
머뭇거리며 언제 페달을 밟아야 하는지
반짝거리는 눈빛은 동서남북으로 분주하다

내가 먼저 갈까
네가 갈까
눈치게임을 하고

장대 같은 소나기
쉼 없이 퍼붓는데
건하게 취한 여인네
길가 한 귀퉁이 드러누워 하늘에게
툭 던지는 한마디

하늘아! 너도 나처럼 슬퍼서
울고 있느냐고

1부. 인생의 맛 | 17

제18공화국

게으른 태백 해는
질 줄 모르는 주목에 걸려 애를 태우고

분간 못할 운무 가득 둘러 친 숲
새들조차 갈길 묻느라 한창인데
시간은 코사인에 고정된 체
정체성 알지 못하는 초침소리 맴도는 숫자
더부룩했던 소화불량인 지난 세월

12월 예약한 처방전에는
알 수없는 약속 남겨놓고

또 다른 속병 앓을까
노심초사

이제나저제나
작금의 제18 공화국
병원 문이 닫히는데

오일장

강흥식

진초록 살가운
알록달록 오월 장날

개울가에 취나물 향 씻어내는 태백 통리
가벼운 장바구니엔 덤 듬뿍 배 불리고

막걸리 한 사발에
왁자지껄 주막집

주름진 속내 풀어 안부 나눠 추렴하면
지는 해 보따리 싸며 재촉하는 떨이소리

왔던 길 되짚어
이고 지고 앞서거니
저녁 짓는 굴뚝에는 각시 모습 피워내
왕사탕 입에 물리려는 작은 행복 장터 길

석양

무슨 미련 저리도 많아
산마루에 기를 쓰고
걸터앉았는가

충혈된 외눈박이
깜빡이지도 않네

가고 나면 그뿐
지고 나면 그뿐

그래, 안다
그 마음
불덩어리 하나
가슴에 품고 사는
나는 안다

시간도 가고
사랑도 가고
또 하루도 가네

벼농사

옹근 고창희

큰 뿔 누렁이와 아버지가 무논 써레질에
허리 펼 겨를 없던 어느 봄날
물 찬 제비가 경주하듯 흙을 물어
쏜 살이 되어 지나다닌 걸 까맣게 잊은 채
어스름한 수평선 바라보며 논둑을 건넌다.

매캐한 연기 냄새에 스민 밥 냄새
솥뚜껑 타고 내린 하얀 밥물
처마 밑에 덩그러니 걸터앉은 무쇠솥
내뿜는 김, 속이 까매질까나 걸음을 재촉한다.

삼복더위가 기승을 부리는 그 불볕에
하얀 수건 쓰고 논풀 뒤엎는 과외 일꾼 백로 한 쌍
먹이 찾느라 배동바지 포기 사이사이 레이저를 쏘아대며
윗배미 아랫배미 앞서거니 뒤서거니 한나절 경쟁이다.

배를 채우고는 날개를 부챗살처럼 펴고서
창공을 솟아오르고 난 후에도, 한 고랑 한 고랑
엎드려 치다꺼리하는 아버지는 얼굴 가득 땀범벅이라
튕겨 묻은 흙탕물이 등줄기를 타고 흘러내려
베적삼에 폭포수 산수화 한 폭 그려져 있다

겨울 산수유 열매

공광규

콩새 부부가
산수유나무 가지에 양말을 벗고 앉아서
빨간 열매를 찢어 먹고 있다
발이 시린지 자주 가지를 옮겨 다닌다

나뭇가지 하나를
가는 발 네 개가 꼭
붙잡을 때도 좋아 보이지만
열매 하나를 놓고 같이 찢을 때가
가장 보기에 좋다

하늘도 보기에 좋은지
흰 눈을 따뜻하게 뿌려주고
산수유나무 가지도
가는 몸을 흔들어 인사한다

잠시 콩새 부부는 가지를 떠나고
그 자리에 흰 눈이
가는 가지를 꼭 붙잡고 앉는다

콩새 부부를 기다리다

가슴이 뜨거워진 산수유나무 열매는
눈이 빨갛게 충혈되었다

해후

-2024.5.22.-

미림 곽노미

진안 팔공산
천상봉 품에서 흐르고 흘러 섬진강을 이루고
보성 웅치산이 잉태하여 대황강을 낳았다
두 물줄기
압록에 이르러 함께 하동포구로 여행을 떠난다
고향을 묻지도 자랑도 하지 않는다
그저 어르고 달래며
서로를 보다듬어 나란히
바다로 흐른다

너와 나
다시 만나면
저렇듯 마주 보며 조용히
흐를 수 있을까

소중한 인연

언어를 꾸미고 다듬어
글 꽃을 피워내는 그대

인자하고 반듯한 성품의 글
부지런하고 효심 깊은 감동의 글
용기를 심어주는 희망의 글

참된 길을 인도하는 당신은
나의 디딤돌이 되셨습니다

문학의 길을 이끌어 주신
존경하는 스승님
깊은 은혜에 감사드립니다

구절초 사랑

구나윤

눈 감아도
눈을 떠도
하얗게 떠오르는 님아

눈꽃 같은 향기 날아와 앉으면
내 맘 텅 비어 하얘지겠네

밤이슬을 몇 날이나 머금고
비바람에
몇 번이나 휘어져서야

뽀얘진 이마를 다소곳이 들고
허리엔 굽이굽이
마디는
아홉이나 생기더냐

고른 숨결 타고
발끝으로 내리는
마디마디
나지막한 사랑아

산등성이 오솔길에
옹기종기 모여 앉아
아침 햇살에 몸을 말려보는
청순한 순백 아씨들.

상처

金寬植

어느결에 생겨서는
끈질기게 아물지 않는 것

그러려니 한 사람은 주지 않아도
설마 했던 사람이 주고 마는 것

그는 생각 없이 주는데
받는 나는 아픈 그것

살아온 만큼 늘어난 피멍울
상처, 마음의 상처

문수사 가는 길

김명이

한 발 두 발 발자국을 세면서 걷는다.
가파른 돌계단이 내 소맷자락을 당긴다.
등이 쩍쩍 갈라진 바위틈을 지나
모양이 각각인 소원들
공들여 쌓아 올린 돌탑을 지나서
팔 뻗어 손 내밀어 주는
굴참나무 어깨를 짚는다.
나 혼자서는 갈 수 없는 길
누군가의 버팀목이 되어 준 적도 없다.
숨이 턱밑에 차오를 때
물 한 잔 내밀어 준 적도 없다.
그러면서 나는 내 몸 나이테만 세고 도움받기를 바랐다.
도대체 저 꼭대기에 무엇이 있기에
산길은 꼬리를 흔들며 뱀처럼 누웠고
나는 또 무엇을 위해
이렇게 오르려 애쓰는가.
돌부리에 정강이를 체이고 넘어지며 오른
문수사 앞마당
저 아래 손금 같은 길이
나를 따라와 누워 있다.

비행

김민영

머리로 들이밀고
세상을 뒤흔드는
태동의 싹틈

껍질을 씹으며
인고의 세월을 밟고
실로 칭칭 동여맨
아슬아슬한 시간

그 속에
생겨날 신비로운 항해
작은 옷을
벗어 던지고
떠나는 25일간의
여정

삶이
신비롭게
눈을 뜬다
자유로이
비상한다

폭염

김선옥

한껏, 달아오른 몸 주체할 수 없어
빗장을 지르듯
꼭꼭 채워진 단추를 풀고
몸을 꺼낸다

너를 품는 일이 이리도 몸 뜨거운 것인지

내 몸을 폭군처럼 달군
몇 날을 풀무질만 해대는

근육 불거진 넌?

| 2부 |

호들갑

청안

17)김은경 / 내가 되고 싶다

18)김지연 / 길손

19)김태근 / 시 먹는 여자

20)김현애 / 달

21)김혜숙 / 가을 고백

22)문정완 / 경산역

23)박근태 / 자두

24)박선미 / 아버지의 의자

25)박상진 / 시계바늘 사이로

26)박용인 / 인생길

27)박이동 / 코스모스

28)백성일 / 끝없이 기다리다

29)배성근 / 호들갑

내가 되고 싶다

김은경

내게 올래?
지나가는 널 붙잡고
길고 긴 이야기를 내어놓는다
널 보고 있노라면
왠지 모를 분노가 느껴진다
내가 널 위해 걱정하는 건 괜찮다.
다만 넌 날 위해 걱정하지 않길 바란다
넌 향기롭게 피어나는 최고의
꽃향기가 되길 기도하고
네가 피어나는 그 길마다
사람들의 사랑을 사로잡길
그저 바랄 뿐이다
그저 눈으로 볼 때는 몰랐던
순수한 아름다움이 네게
함께 하길 바랄 뿐이다
너로 인해 마음이 녹아버리는
내가 되고 싶다. 증오로 찬 아린
네 마음을 가지고
없어지고 싶다. 다만 널 위해

길손

김지연

죽을 만큼 사랑하다
초연한 눈물 앞에
뜨거운 이별

심연의 꽃 진 자리
당신 모습 스며든
눈가에 훌쩍 꺼내놓은
눈물 한 방울

붉은 호수 석양빛으로
숨 가쁘게 반짝인다

시 먹는 여자

김태근

아침저녁 두 끼를 시로 채운다
사라진 도서관을 씹어 먹고
사라진 시집을 씹어 삼킨다
땀내 나는 시집을 씹어 먹는다

시로 허기를 채우는 여자
밥 대신 시를 먹는 여자
반찬 대신 시를 먹는 여자
술 대신 시를 먹는 여자

하루는 배탈이 나고
하루는 설사를 하고
하루는 고열에 시달리고
또 하루는 가쁜 숨을 내쉰다

그래도
눈만 뜨면 시를 먹는 그 여자
그래서
오늘을 숨 쉬는 그 여자

달

김현애

기억 속에서 점점 멀어져가는
순백의 일상들
밤하늘에 눈이 시리도록
내 가슴에 달이 떠있네
고독이 피어나는 밤이여
어머니 같은 달을 감사고 있는
보이지 않는 수많은 별이 있다는 걸
우주만상의 세상 속에
그리운 그 사람
층층이 밝혀 쌓고 쌓은
넓은 뜨락도
내일이면 기억 속에 사라지는
빈 가슴에 핀 호박꽃처럼
툭툭 떨어져 버리는 것을
만민의 기억 속에
나의 소원을 기억하듯
가슴에 품는 저 달을 보노라면
어머니의 품같이 먼 그리움

가을의 고백

김혜숙

가을이 되면
붉은 꽃들이 피고
그 꽃들을 보면
그대에게 다 주고 싶다
사랑 꽃 김밥을 말아 소풍 갈까
좋은 노래를 같이 듣고 싶어라

길 위에서
비슷한 사람이 스치면
그냥 한참이나 서 있다
풀잎 향기가 묻은 참 좋은 당신
흔들리면서 피어나는
진한 이별의 옛사랑인가
사랑님 가을의 고백을
당신은 아시나요

경산역

—그리움은 본적지다 그러므로 본적지를 떠난 것들은
바람의 음악이다—

문정완

밥풀떼기로 꾹 눌러 닫은 편지봉투처럼 긴 그리움이 지나간다
칸칸의 문장에는 쉼표 같은 여백이 있고
다음 문장을 물음표 같은 접속사로 잇고 있다
그리움에도 가속도가 있다
어슬렁거리는 발걸음과 빠른 보폭 사이에
길들은 얼마나 많은 이야기를 갈라놓았기에 저토록
가쁘게 달려오는 긴 그리움을 키웠을까
각자의 회오리가 묻어 있을 편도선에서
안과 밖이 서로의 배경이 되는 일은 배경이 되는 바깥에서
평행선과 교차선에 가닿는 일이겠지만
그건 꽃 피는 속도인지 모른다
전광판엔 아직 도착하지 않은
편지들이 먼저 도착해 부친 날짜가 선명하다
얼마나 잃어버린 간이역이 많았기에 한 소쿠리로
그리움을 배송하는가
경산역엔 떠나가는 발과 돌아오는 발이 있다
차표 한장을 손에 쥔
한가지 방향으로 치닫는 속도에는
정차하는 속도와 가파르게 지나치는 속도가 산다
브레이크와 속력은 달라도
알고 보면 그리움은 다 한 구멍이다

자두

박근태

울 할아버지
살아계실 때
심어놓은 자두나무

뒷산 양지바른
할아버지
산소를 지키고 있어요

생각하면 할수록
군침 도는
내가 좋아하는 자두

할아버지
무지개다리 건너던 날

눈에 넣어도
아프지 않은 손자 생각에

빨간 자두를
주렁주렁 달아놓았어요

아버지의 의자

박선미

당신이 앉았던 의자에
앉아봅니다

쓰임을 다한 기계처럼
당신의 낡고 굽은 다리

피곤한 줄 모르시는지
아픈 줄도 모르시는지

휘청
의자는 흔들리는데
당신은 어찌 견디셨나요

시계바늘 사이로

박상진

백로(白露) 옆구리
쿡 찌른 시계바늘 사이로
차고 넘치는 귀뚜라미 소리
갈바람에 설레는 흰 머리칼

평상 위
빠알간 고추도 질색하는
흠뻑 내린 밤이슬
아예 고개 돌린 벼이삭

억새꽃 풀 냄새 가득 찬 이 밤
밤낮으로 끼고 살던
선풍기 보란 듯
달빛 벗 삼아 외고 펴고 살련다

인생길

내가 놀던 정든 인생길
한 가닥 거미줄에 놀다가

잠시 피었다 지고 마는
목연 꽃처럼
하얀바람 맞으면

끈을 놓아야 하는 인생길
누구도 어찌할 수 없는
인생 정거장에 하차 하고 만다

그저 바라볼수 밖에
하늘이 허락한 인생의 주어진 그 사랑
앞에서는

이 또한 지나가더라

코스모스

박이동

못다 이룬 아쉬움에
가냘프게 늘어선 몸

낮은 소리로 뿌리내려
울긋불긋 부끄러울 때
가을이 손잡아 주니
속살 익어가는 설레임

구겨진 추억들은
가슴 깊이 묻고 누워요

햇살 곱게 펼쳐놓고
어찌 살 거냐 물으면
너처럼 왔다가
너처럼 간다 말할래요

끝없이 기다리다

백성일

바다가 마음이다
삶이 허구 속에서 춤추고
허구가 삶인 것처럼
강변에 흔들리는 허연 억새
모든 것이
바람의 생각이라면
억새도 바람도
바다에 잠재우고
하염없이
허우적거리는 마음이
새로운 길을 찾고
깨어나는 바람을.

호들갑

배성근

새벽녘에는 버릇처럼
광려산 영상을 바라본다
고독을 되씹어보는 별빛들이
뉘엿뉘엿 푸른 하늘 속으로
뒷걸음질 치며
걸어온 산길이 보인다

초록빛이 희미했던 시야를
밝은 모습으로
발돋움하는 날이 오면
위 바람재 진달래 잔가지 사이로
윙윙 빗질하는 바람 소리가
여기저기 모여든 바람난 목소리가
멀리 떠났던 마음도
그윽하게 다가서는
봄 향기같이 들린다

헐렁해진 바짓가랑이 사이로
유년의 목소리도 들려온다
삼십육 년을 한 치의 틈도 없이
저 고개같이 넘나들던 곳

첩첩 쌓인 삶의 고뇌를 홀로 밝힌
저 별빛 같은 연분홍 향기가
옥죄는 날 수 없이 동그라미를 친다
지난 기억을 되씹으며

| 3부 |

까치밥

청암

초록 융단

백이석

가녀린 봄 처녀의 화려한 외출
머리카락 풀어헤쳐 목덜미를 휘감아 맴돈다
헝클어진 가닥마다 초록 꽃 피어
물살을 유영[游泳]하며 나풀거린다

썰물에 쓸려
반지름 한 얼굴 내밀어
광야의 세상에 생명이 꿈틀거린다

낙조[落照]에 물든 해변
두 손 꼭 잡고 석양 노을 바라보는
노부부의 인생을 닮았다
밀물이 밀려오면
가녀린 몸짓으로 하늘거리는
여인의 고운 춤사위는
한 서린 파도와
끊임없이 부서지는 포말처럼
떠도는 혼백[魂魄]이여

상자

서정자

사는 일이 상자 안 같아서
꺼내지 않으면 모른다
가끔은 펼쳐볼 일이다

하루를 걸어 하루를 먹고
침대로 가는 되돌이표
인생은 아닐 것이다.

수박 한 조각의 향기에
아름다움이 있고
수고로움을 느낄 수 있는
여유를 아는

일기를 적어 놓은 나무에 스며든
상자 안에는 무궁무진한
내가 숨어 있다

초심(동시)

미림 송선희

흔들리지 않고 피는 꽃이 없다지만
너를 옆에 두고 싶다

어디에 머물러 있던
그때 피던 꽃처럼
변하지 않는 마음으로
가려고 해

내가 자라 언니가 되어
꿈이 흐려지거나
꽃을 피우지 않으려 할 때

다시 한번
꿈을 꿀 수 있도록
야단을 쳐주세요

몸살 앓으며 성장했던 그때처럼
뜨거운 대지 위에
바람처럼 흔들기도
소나기처럼 욕심부리기도

그때를 기억하며 살아가도록
초심으로 돌려주세요

까치밥

고향이 고향인 줄도 모르면서
긴 장대 휘둘러 까치밥 따는
서울 조카아이들이여
그 까치밥 따지 말라
남도의 빈 겨울 하늘만 남으면
우리 마음 얼마나 허전할까
살아온 이 세상 어느 물굽이
소용돌이치고 휩쓸려 배 주릴 때도
공중을 오가는 날짐승에게 길을 내어주는
그것은 따뜻한 등불이었으니
철없는 조카아이들이여
그 까치밥 따지 말라
사랑방 말코지에 짚신 몇 죽 걸어놓고
할아버지는 무덤 속을 걸어가시지 않았느냐
그 짚신 더러는 외로운 길손의 길보시가 되고
한밤중 동네 개 컹컹 짖어 그 짚신 짊어지고
아버지는 다시 새벽 두만강 국경을 넘기도 하였느니
아이들아, 수많은 기다림의 세월
그러니 서러워하지도 말아라
눈 속에 익은 까치밥 몇 개가
겨울 하늘에 떠서

아직도 너희들이 가야 할 머나먼 길
이렇게 등 따숩게 비춰주고 있지 않으냐.

불이야!

예시원

낙동강에 불이 났다
불이야! 난리 났다
가슴에도 불이 나고
강변에도 불이 나고
산 위에도 불이 났다
도망을 가야 하나
불 끄러 가야 하나
이러지도 저러지도
꼼짝을 못 하겠네

을숙도

윤명학

물속에 내린 살가운 바람
가슴으로 들어오는 갯바람 향기에

멀리서 샘 찾아온 물고기처럼
물살 위에 낚싯대를 드리우면
퍼덕이는 하늘빛에
보름달 한 마리 먼저 건져 올린다.

갈대밭에 내 마음 죄다
방목해 놓으니
만 리길 멀다 않고 찾아온
철새들의 날갯짓에
불평 없이 길을 내주는
갯 모래 위 찍힌 발자국

활짝 핀 갈대꽃
마음껏 하늘로 치세워
눈송이처럼 머릿발을
날리고 있다.

구절초 핀 언덕에 앉아

윤혜련

바람이 꽃을 흔드는 것이 아니라
꽃이 향기를 전하고 싶어
바람을 부른 것이라면

그대 구절초 피거들랑
소식이나 전해 주오

저마다의 거리에서 색깔을 내며
가는 길 하는 일 멈추게 하는
생의 정류장

삶은 늘 빨리 가라고 재촉하지만
순한 구절초는
가끔 쉬어가도 된다고
하얀 이를 드러내고 웃습니다 그려

바람이 깃들고 그리움도 깃드는
구절초 핀 언덕에 앉아
당신 생각하오리다

바다로 간 은하수는 어쯤 가고 있을까

윤효경

빛이 아름다운 별
기품있는 달
여름이 깊은 밤
올려다 보는 이가 있어 부끄러운가 보다
아기별들은 무리 지어 은하수가 된다

수많은 꿈빤짝이들이 모여 때를 기다린다
바람이 흔들흔들
바다에 떨어지면
중성부력으로 비로소 고래가 된다

하얀 꿈을 숨으로 쏟아 올린다
은하수가 지나는
검푸른 밤바다는
밤하늘을 삼켰다 하얀 별을 토했다를
반복하고 있다

가을아

애단 신음으로
가없는 바라봄으로
여림의 혼절로
수만 번의 만개로 홀리는 너울 쓰고 오네
곰처럼 어슬렁거리며 오더니
여우 짓으로 산야에, 들녘에
시간의 층을 재지 않고
둔갑질을 서둘러
작은 불씨 하나로
온 세상 여인들의 달거리를
한꺼번에 모아와선
아주 영험한 굿거리를 시전하고
너도나도 얼굴을 붉히게 하는

설(雪)

팔랑팔랑
밥 꽃 하얗게 피면
끓다가 설어버린
내 허기진 기억
웃바람에 든
어느 영혼의
주머니 없는 수의
돌아가는 길 이름조차 무겁다는
흰 박꽃 얼굴의 맨주먹이여
시린 유랑의 한 획 이여!

500마일

노래 속으로 편서풍이 불었다

이은서

서쪽 음운(音韻)을 실은 구름이 지붕 건너
오렌지빛 스위트로 날아갔다
빛의 쇄골은 속눈썹에도 잘게 부서져
돌아누워 운 문장을 감당하지 못했다
전화번호 지울 때마다 새의 뼈를 하나씩 이식했지만
흘림체인 맨발은 다른 연역(演繹)의 초인종으로 빠졌다
그곳에서 내 발목은 희붐하게 빛났다

오렌지의 질서가 되기까지
긴 헛구역질을 평균이라 부르는 행에선 흐리므로 활보할 수밖에 없었다
살아있는 것은 멀었고 만질 수 없어 환했다
불투명한 지문 몇 점 찍어보는 어둠이면
방랑은 누구를 내게 입혔을까
사랑하지 않은 100마일에도
붉어질 수 있는 실핏줄이 슬금슬금 기어 나왔다

배웅을 다 살아버린 말이 오해로 마르는 동안에도
생의 한쪽은 몰래 젖고 있었다
바람 없이 현을 튕기는 플라타너스나 기발한
에로 영화 제목에 웃어보는
회귀할 수 없는 수화(手話)가 피부를 더듬다 사라졌다
내 발가락을 빼닮은 새가 할퀴고 간 자국이었다

얼음새꽃(복수초 또는 설연화)

청량 이윤정

못다 쓴 옛사랑의 긴 편지처럼
아릿한 모습으로 눈밭에 와서
너는 무슨 온기로 버티고 섰는가!

어느 가슴 치는 이의 유서처럼
이 설한 매운 눈발들을 밀치고
무엇에 기운 받아 세상에 왔는가!

한 마리 말 잘 듣는 양이 되어
얼음과 얼음 사이 비집고 서서
누구의 가혹한 명령을 받들고 있는가!

지금 살아있다는 것만으로 감동이라고
인간은 얼마나 약한 존재냐고
새벽에 홀로 깨어 기도하는 이처럼.

여름밤

이재란

밤하늘 반짝이는 별 셋
견우가 직녀가 만나던 순간
소낙비가 쏟아진 온통 물 바다가 되었다
별은 물벼락에 쏜살같이 사라져
쌓아 올린 사랑탑 안에는 전설의 속담이 오갔다

어느 때보다 뜨겁다는 느낌이 들어
스칠 때마다 수많은 별이
어둑어둑한 밤길 따라
새벽이 올 때까지 한발 물러서지 않았다

아침 이슬에 젖은 나뭇잎 하나둘
빙그레 웃으며
옛 추억이 그리운 듯
간간이 불어오는 향기에 취해
가든 길 잠시 잃고 주저앉아서 취해본다

때에 따라 소낙비 쏟아져
햇살 그림처럼 빛날 때
낮달은 어디에 숨겨놓고 찾고 있는 거니?
진종일 파김치 된 허리 일으켜

잠시나마 가로등 불빛 아래 덩그러니 앉은 것 같다.

| 4부 |

꿈꾸다

변화의 기쁨

素然 이혜순

동양철학의 60갑자로 만들어진 사주팔자
하늘과 땅의 기운에 조합으로
각 사람의 성격과 장단점 재능의 정도
인생의 흐름 알 수 있다 한다

문제는
사주팔자를 공부하면 팔자가 바뀌겠나
모르면 팔자대로 사는건가
인생을 괴롭히는
땅을 지배하는 악한 기운은 어디서 나오는가

인생사
사람과 사람의 만남으로 기운은 변화되니
좋은 부모 만나기를
좋은 이웃 만나기를
좋은 선생 만나기를

먼저
하늘의 선한 뜻을 알고
하늘의 지혜를
하늘의 마음을

눈을 감고 하늘을 바라보니
어느새 영혼은 하늘에서 이 땅을 내려다 본다

모르면 땅의 팔자대로 살겠지
하늘은 팔자가 없으니
나는 하늘을 우러러
이 땅의 팔자를 바꾸리라

인생의 맛

素然 이혜순

내가 변하니 옆의 지기도 변하더라
나와 지기가 변하니 자녀가 변하더라
주변 환경이 좋아지니 몸도 마음도 좋아지더라

내가 잘되고 자녀도 잘되고
어려운 고비도 넘기다 보니
미지의 인생길도 보이기 시작하고
마음이 변하고 습관이 변하니
걸림돌이 사라지고 디딤돌이 놓여지네

가야 할 길이 아직도 남았으니
인생아
이제는 디딤돌조차 없는
평탄한 외길로 사뿐사뿐 가게 해주렴

살며시 내려앉은 가을

임윤주

낯선 거리를
거닐다 잠시
쉼터를 찾아
문득
그리움이 물들어
짙어가는 가을 햇살에
살며시 비치는 영상

조용한 음악 소리와
무심하게 흐르는
시간 속에서 거닐다
마주한 블랙커피향
보고픔이 더해진다

한동안 잊고 지낸
지나간 자리에도
어느새 가을이 소리 없이
살며시 내려앉았다

늪

임순옥

바람결에
흔들리는 것이
갈대만이 아니었어

그게
나라는 걸
너무 늦게 알았지

헝클어진 머리
그 사이로
지나가는 웃음소리

늪이라고
느낀 순간
멈춰버린 시간들

움직일수록
더
빠진다는 걸 알지

그게 늪이야

내가 내게
말하고 있더군

그렇게
난 아직도
크고 있나봐

오만디

선득한 침묵으로
싸묵 싸묵 걸어온 그

그래도
바다를 삶의 터전으로 산 오만디.
그 작은 육신으로

내면에는 바다의 참 맛을 숨기고 있지
바다의 오묘한 맛을 !

바다는 오만가지를 다 보듬으며
철석이고 .

우리는
세상이라는 해벽에 붙어 하동
그려도

잡을 수 없는
진리의 빛 한 올

우리의 오만디는

그 무서운 격랑 속에서 싸묵 싸묵

암컷이 되었다가
수컷이 되었다가
'명주 놓고 베 놓고'

낙숫물이 바위를 뚫는다

유설 정연우

낙숫물이 바위를 뚫는다고 했다
가끔은 찬찬히
한 숨 두 숨
서두르지 말 일이다

비단옷을 입고 싶다고 해도
비단을 꿰지 않으면
옷이 되지 않는다
실 바늘이 있어도
비단이 없으면 또 무슨 소용이랴

그대 한 일은 이미 대견한데
그것을 알아주지 않는다고 하여
좌불안석이면
대견한 일은 칭찬이 아니라
당연한 일이 되고
늘 애닳아진다

가끔은 기다릴 줄도 알아야 한다
바위는 깨질 때가 되면
깨질 것이고

비단옷은 뽕잎이 새파래져야
누에가 실을 뽑는다
누가 알아주지 않는다 해서
노심초사하면
낙숫물은 언제 고이겠는가

심 봤다!

정인환

지난 한 삶
세상은 더불어 산다지만
내가 나를 흑점 테두리 안 가둬놓고
거리를 뒹굴다 사라지는 단풍잎의
마지막 생애를 보듯이

가야 할 길도 못 찾고 방황하는
내게 겨눈 사나운 세상 눈총들의 두려움 때문에
누군가의 도움 없인 집 밖에 나갈
엄두를 못 내 방문 닫고
노출 꺼릴 때

뜻밖의 횡재
세상에 드러나지 않은 오지의 산 골
활짝 핀 진달래처럼
환한 미소 띤 숫기 많은 깡 촌 아내를
만났다는 것이 내 생애 가장
행복한 순간

깊은 산중
야생으로 천년 세월 묻혔다가

기적처럼 나타난 신비의 산삼보다
더 값진 나의 인연
심 봤다! 심 봤다!
심 봤다!

꿈꾸다

정광일

삶의 쓴맛 삭히며
지는 해 바라보고 있다.

이대로 끝나는 것이라면
내일이 무슨 의미 있으랴

살아온 내내 경험을 비춰보니
해는 다시 뜨더라는 것

쓴맛 삭히느라 끙끙 앓으며
오늘을 보내는 이유이리라

독서

조정숙

깊은 정보의 바다를
자유롭게 유영한다
독서로 지식을 쌓는다는 것은
바다에서 물안경을 쓴 사람과 같다
물안경을 쓴 사람은 앞이 잘 보이고
앞이 잘 보이니 해산물이 잘 보인다

일출

이안 최순연

세상이 열린다
빠알간 빛의 순간이 내게로 왔다

오늘 다시 시작하는
흐름으로
새 아침이 열린다

세상이 벅차고 두렵다
나의 발걸음 하나하나가

순간순간이
나의 역사를 만들 것이다

일출과 일몰 사이에
오늘 내가 있고
이 순간이 나의 미래는
두려운 너만이 있다

허나

꿈은 이루어진다

순매원을 내려오다

서율 최윤희

꽃을 보는 건
금방이겠지
너를 보는 것도
순간이겠지

기차가 서지 않는 건
너를 보지 못해서 일 테지
너를 볼 수 없는 건
다시 올 날이 모자라서 일 테지

번개같이 지나간 꿈
살 떨리는 뼈아픈 속삭임을
천병(天病)처럼 안고 가야 함은
아니라예 아니라예
고개 떨군 수줍은 고백을
차마 담지 못해서이겠지

꽃은 질 테지
나도 갈 테지
너만 오겠지
날이 가더라도
날들을 열지 못하는

겨울 같은 봄들만 있으리

꽃은 지고서 피리라
나는 피우다 지리라
실낱같은 바람에
눈처럼 쌓여
꽃처럼 떠나는 날에

푸른 계절 청정한 만찬

사밀 최문수

무한대의 우주에서 하늘과 땅 사이 자신을
하나의 가장 낮은 개체로 인식해 볼 때
청정(淸淨)*에 머문 열매가 우리 근본을 알린다

씨앗이 타고난 내력 의식적 섭리로 자라면서
습한 온열 하얀 외막의 몸조리에 신선한 속내는
모진 풍파 이겨낸 삶의 둥글어진 소우주로
잘 익은 열매 세상을 이롭게 하는 수박*처럼

푸른 계절 주어진 역할로 심신이 아파 올 때
이웃의 편파로 청정한 실상 두드려 본 감정은
갈등에 의존한 날붙이가 닿는 순간 펼쳐지는
타심통 소리가 서로 원만한 분별력을 알려주며

열정의 무지갯빛으로 그리운 식구 기다리듯
잘 익은 열매가 자식 앞길 펼쳐 보인 만찬에
초대받은 청정한 때가 우리 공생의 근본이다

삶의 여유

鐵訂 홍윤헌

봄이 왔어요. 온 봄을 느끼려
주남저수지 둑길을 걸었지요.

느닷없이 하늘 나는 두루미 떼
자유와 해방을 모르는 그들 보며
나는 자유를 봅니다.

사는 것이 갑갑하여 산길을 걸었지요.
붉은 깃털 딱따구리
큰 소리내며 내 가슴을 쪼아 댑니다.
살기 위한 몸부림을 보았기에
아픈 마음을 원망하지 않았지요.

냇가 물 한 모금 먹고
전봇대에 앉은 늙은 까마귀
지나온 날의 우울함
앞날의 불안함에도
마음이 여유로워집니다.

구절초 핀 언덕에 앉아

55그루의 시심이 꽃을 피우다

초 판 인 쇄	|	2024년 10월 05일
발 행 일 자	|	2024년 10월 10일
지 은 이	|	배성근
펴 낸 이	|	김연주
펴 낸 곳	|	도서출판 성연.
인 쇄	|	주) 상지사(파주공단: 재두루미길160)
등 록	|	(등록 제2021-000008호)경남 창원
홈 페 이 지	|	https://cafe.daum.net/seongyeon2021
디 자 인	|	배선영
삽 화 그 림	|	배성근
메 일	|	baekim2003@daum.net
전 자 팩 스	|	0504-208-0573
연 락 처	|	010-3325-5758
정 가	|	10,000원
I S B N	|	979-11-986868-4-8(03800)

이 도서의 출판예정도서목록(CIP)은 979-11-986868-4-8(03800)
국립중앙도서관 서지정보유통지원시스템 홈페이지(http://seoji.nl.go.kr/)와
국가자료목록시스템(http://www.nl.go.kr/kolisnet)에서 이용할 수 있습니다.